Tarzán

Ilustraciones: Roser Capdevila

**Los cuentos fantásticos
de las Tres Mellizas**

Las Mellizas están aburridas porque con este chico tan simpático sólo ven documentales de la selva... ¡Claro! Ahora se dan cuenta de que es Tarzán, que añora su casa. Pero... ¿qué hace en la ciudad?

–Vengan, niñas, les enseñaré la casa de mi tío.
Él me ha traído a la ciudad para educarme.
Pero aquí no puedo tener animales…
Vengan, vamos a cenar –les dice Tarzán.
Un mayordomo los conduce por el puente
que une la casita del árbol con la
fantástica mansión.

El tío de Tarzán
le ha prometido
que si aprende a comer
con buenos modales,
irá de vacaciones
a la selva.
Y, gracias a las niñas,
Tarzán aprende a
comer bien en la mesa.
–¡Viva! ¡Iremos a la
selva! –gritan los cuatro
y el primo de Tarzán,
con quien han cenado.

Dicho y hecho: ¡Tarzán, su primo y las Mellizas viajan ya hacia la selva! Pero…, mientras ellos van en jeep, la Bruja Aburrida entra en acción: ¡decide despistarlos haciendo aparecer unos cuantos espejismos!

Las niñas sospechan que la Bruja intenta
fastidiarlas y deciden buscarla. A través de
los prismáticos, la ven subida a un árbol, riendo.
–¿Puedes pasar cerca de aquel árbol? –le piden
al primo de Tarzán.
–¡Por supuesto! ¡Ahora sabrá esta
Aburrida lo que es bueno!

Pasan tan rápido junto a la Bruja, ¡que la polvareda que levantan la hace caer del árbol! ¡Por fin han llegado a la selva! Tarzán está muy contento y pronuncia su famoso grito: «¡OoOoOoooh!».

A la mañana siguiente, al levantarse, ¡las Mellizas se encuentran con un desayuno espectacular! ¡Tarzán ha recogido todo tipo de fruta! ¡Cuántas vitaminas! ¡Las niñas, sobre todo Elena, no pueden creerlo!

Tarzán tiene tantas ganas
de volver a ver a sus amigos,
los animales de la selva, que
corre cuanto puede y se sube
al lugar más alto que encuentra.
Desde allí, grita para conseguir
que todos lo oigan y vengan
en su busca.

–¿Quieren aprender a saltar con las
lianas? –pregunta a las Mellizas.

–¡Qué pregunta! ¡Pues claro que
queremos! –gritan las niñas, emocionadas.
–¡Qué divertido! –exclama Teresa.
–¡Y además puedes recorrer la selva
muy deprisa! –añade Elena.

Desde la casa del árbol,
Tarzán grita de nuevo.
Está desconcertado
porque ninguno de
sus amigos ha acudido
a su llamada.
–Aquí pasa algo… –dice
Ana, muy preocupada.

Claro, Aburrida ya
ha vuelto a hacer
de las suyas: con un
cazador, ¡ha atrapado
a todos los animales
para llevarlos a un circo!
–Ahora sólo nos falta
cazar a Tarzán –dice
el cazador.
–¡Ya está aquí! –exclama
la Bruja.

Aburrida ha preparado una trampa para cazar a Tarzán: una gran red, ¡que le cae encima! Suerte que las niñas no estaban con él. Ellas siguen jugando y saltando de liana en liana.

Pero lo que no sabe la Bruja
es que, de lejos, las niñas
han visto todo lo que sucedía.
Elaboran un plan y, de noche,
subidas a un árbol, ¡atrapan
a la Bruja Aburrida con su
propia trampa!

Al día siguiente,
el cazador encuentra
un obstáculo
en la carretera…
Es el primo de
Tarzán, ¡que
finge tener el
auto estropeado
para conseguir
detenerlos!

Mientras el cazador está distraído ayudando a arreglar el auto del primo de Tarzán, las niñas abren la jaula y liberan a su amigo y a todos los animales que la Bruja Aburrida había cazado.

–¡Ya veremos qué pasa cuando el cazador llegue a la ciudad y se dé cuenta de que le hemos cambiado su tesoro por este trasto! –dice Ana, mientras lleva a Aburrida a la jaula.

Mientras todos celebran que han vencido a la Bruja, Tarzán les comunica que pedirá trabajo en el zoo de la ciudad: ¡vivirá medio año allí y medio año en la selva! —¡Qué bien, así nos veremos a menudo! —celebran, contentas, las Mellizas.

Títulos de la colección

Tarzán

This edition published by arrangement with the original publisher
Cromosoma, S.A., for the United States, Puerto Rico, Philippines, Canada and Mexico.

Published by
Lectorum Publications, Inc.
555 Broadway
New York. NY. 10012

ISBN 1-930332-37-8

Printed in Spain

10 9 8 7 6 5 4 3 2 1